馬塞林為什麼會臉紅?
Marcellin Caillou

作者：桑貝 Sempé　　譯者：尉遲秀

小馬塞林·開攸原本可以跟很多小孩一樣過得非常快樂，不幸的是，

他得了一種怪病：他會一直臉紅。

只要說聲是，或者不是，他就會臉紅。或許你們會說，還好吧，

又不是只有馬塞林會臉紅，每個小孩都會臉紅啊。
害羞的時候，或是調皮搗蛋的時候他們都會臉紅。
可是，讓馬塞林困擾的是，他毫無理由就會臉紅。

他總是在最意想不到的時候臉紅。

相反的，該要臉紅的時候，唉，他的臉在這種時候反而紅不起來……

總之，馬塞林的日子不是很好過……

他總是問自己一些問題。或者該說是一個問題，永遠都是同一個問題：

為什麼我會臉紅？

我也可以告訴你們，有一個仙女（森林仙女）用她神奇的魔法，或是在一個現代的大都市裡，有一個很厲害的醫生，把這個有趣的毛病解決了。可是這一帶並沒有仙女，而這些現代大都市裡雖然有很多醫生，卻沒有一個夠厲害的可以把他治好。

於是馬塞林繼續臉紅，

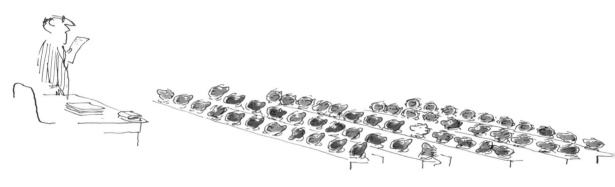

馬塞林：鴨蛋
特大號的鴨蛋，
因為他作弊！

除了——當然——在他真正應該臉紅的時候……
（每個小朋友想到同樣的災難也可能降臨在他們身上，
都激動得紅了臉，只有他，馬塞林，沒有表現出一丁點
情緒激動的樣子。）

15

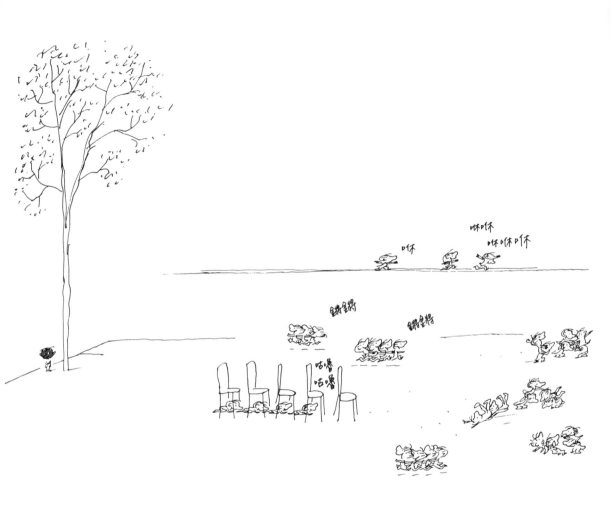

漸漸地，他越來越孤單。他不再跟小朋友們玩在一起，玩那些熱鬧的遊戲，像是
騎馬打仗、接火車、造飛機和開潛水艇。

因為他難以忍受別人注意到他臉紅。

我是一架
紅通通的飛機。
我自己玩得
好開心啊！···

他寧可自己一個人玩。

他懷念暑假在海邊的時光，因為在那裡，
大家都紅紅的，而且還以此為樂。

因為，就連冬天大家都被凍得臉色發青的時候，
他的臉還是會出現這個季節不該有的顏色……

他沒有**非常**不快樂。只是他經常問自己：他怎麼會，什麼時候會，為什麼會臉紅？

這個問題經常讓他久久不能成眠。

有一天，在回家的路上，他的臉時不時就變成紅色……

他在樓梯上聽見像是打噴嚏的聲音……

走到三樓的時候，
他聽到另一聲噴嚏……

走到四樓的時候，又是一個噴嚏……

他叫何內 · 哈多，
是他的新鄰居。

他看見五樓有一個小男孩。
就是他打噴嚏打成這個樣子……
「你感冒了。」馬塞林對他說。

　　何內 · 哈多是個可愛的小孩，小提琴拉得很好，也是個很優秀的學生，他從很
　　小的時候就得了一種奇怪的病：

他經常打噴嚏，不過就算是最輕微的感冒他也不曾有過⋯⋯

他告訴馬塞林，這種煩人的噴嚏害他的日子很難過（那天他跟一些大人一起在芙瓦赫希夫人家演奏，那裡的音樂晚會評價很高，結果他打了一個噴嚏），這件事還轟動一時，

哈啦！

只有在河畔獨自散步時，何內·哈多才能得到安慰，
河水靜靜流淌，
鳥兒溫柔歌唱，
撫慰心裡的憂傷……

我不會告訴你們，河裡好心的精靈突然出現，然後把何內·哈多治好了。在這一帶，沒有好心的精靈（也沒有壞心的就是了）。我也不會告訴你們，在某個大城市裡，有個了不起的醫生用他的小藥丸讓他好過多了。
沒有，沒人把他治好。精靈沒有出現，了不起的醫生也沒辦法……

他沒有**非常**不快樂。只是他的鼻子一直會癢，這讓他很擔心。
他發現馬塞林臉紅了……

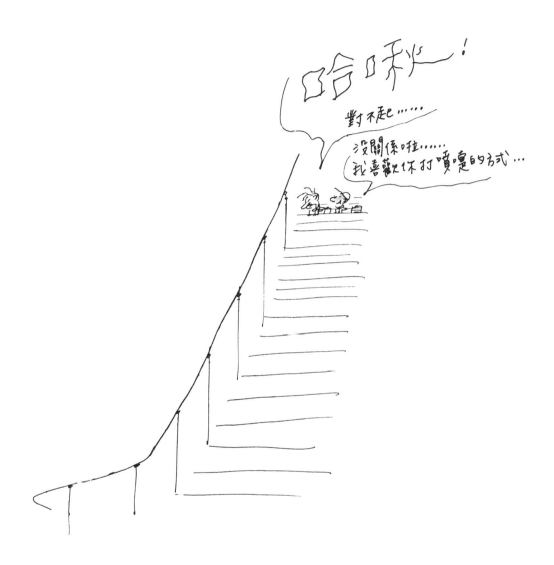

他們聊了很久。

這天夜裡，兩人的眼睛都闔不起來，認識這樣的朋友讓他們太開心了……

這個馬塞林‧開依
好討人喜歡,而且有時候
他的氣色看起來真好!
哈呋!

我聽到有人在打噴嚏…
一定是何內‧哈多。像這樣
半夜聽到朋友的聲音真好……

他們變得形影不離。何內經常拉小提琴給馬塞林聽。

擅長運動的馬塞林給了何內一大堆技術方面的建議，不然一個運動員是不會進步的，而且有可能會漸漸氣餒……

馬塞林每到一個地方，就會立刻問大家何內在哪裡。

至於小哈多，他也是一天到晚在找小開攸。

每個星期四和星期天，他們都在玩捉迷藏，玩得沒完沒了。

哈啾！

哈吱！

他們在一起玩得好開心。

校慶的時候，沒有人比馬塞林更快樂，
因為他的好朋友何內演奏了一首美妙的小提琴曲，大獲好評。

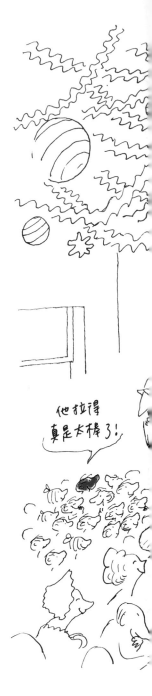

他拉得
真是太棒了！

而馬塞林以溫柔和諧的聲音朗讀了一首詩，引起台下的歡呼，
何內也開心得不得了。

天空好藍
大海也好藍
如果我這麼讚歎
天青石的藍
和這樣的粉彩藍
是因為碧海藍天
這樣的顏色我最喜歡……

他們真的是最要好的朋友。他們經常捉弄對方，

但是也可以不玩遊戲不說話，因為他們在一起的時候從來不會覺得無聊。

何內出黃疸的時候，馬塞林在一旁陪伴他。他很驚訝一個人可以黃成這樣⋯⋯

馬塞林出麻疹的時候，何內已經出過了，他隨時想來看他的朋友都行……

馬塞林很高興，因為他感冒了，可以跟他的好朋友一樣打噴嚏。
有一天何內被太陽曬傷了，他樂得很，因為他的好朋友有時候就是這麼紅。

他們真是非常好的朋友。

可是（這兩個字有一點黑，因為接下來的故事有一點悲傷）。

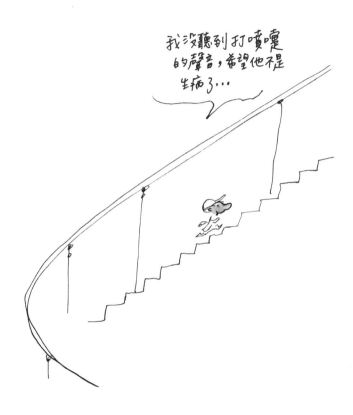

有一天，馬塞林在爺爺奶奶家度過一個禮拜的假期，回家之後他迫不急待要做的
第一件事就是跑去他好朋友何內的家。

他看見他家門口有一些乾草，

而且來幫他開門的是他從來沒見過的一個人。

他發現箱子裡裝滿碗盤……這一次，他真的因為激動而臉紅了！……

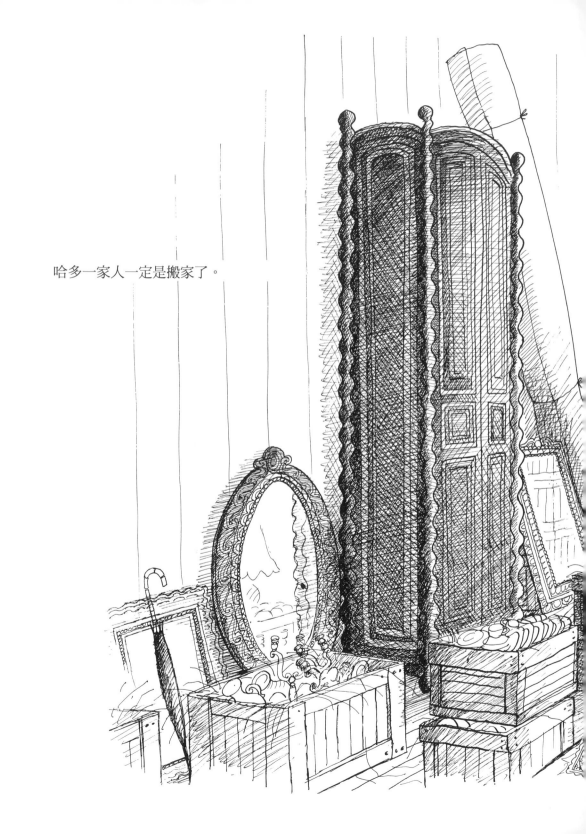

哈多一家人一定是搬家了。

他像個瘋子似的跑回家！甚至在三樓和四樓之間的樓梯上摔倒了。

他哭著跑回家。

可是你們也知道，爸爸媽媽是怎麼樣的。他們總有一堆事情要做，他們總是忙不過來……

何內留下的那封信和地址，我們找了好久。

日子一天一天過去，馬塞林也認識了其他朋友。

帕特利斯 · 勒寇克，
他會用兩根指頭吹口哨

菲利帕兄弟，
這對雙胞胎對於裝修東西很狂熱，
不管什麼東西他們都組裝得出來，
而且用什麼方法都可以，

保羅　·　巴拉法和他姊姊卡特琳，
他們一天到晚都在吵架，

侯貝　·　拉裘尼和弗列德希克　·　拉裘尼，
這對熱血兄弟的體格強健，很不好惹，

你好，
馬特洛⋯

侯隆 · 布哈寇，這傢伙很搞笑！
他什麼事都做得出來。
他跟狐狸一樣狡猾。

當然還有侯傑 ‧ 希波杜，

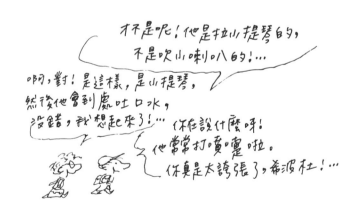

這個戴眼鏡的紅髮小個子，一天到晚都心不在焉。

馬塞林很喜歡他，他很好笑，

他很好笑，
因為他在拉小提琴
的時候很想打噴嚏，
　　他……

希波杜，
你在哪裡？…

　　　因為他總是心不在焉。

好吧，再見囉，
馬杜杭……
明天見…

好啦，
馬賽杯…

不是啦，我不是馬杜杭！
我是馬賽杯！

欸… 我想跟你說：你知道
有時候你的臉會變得
好紅……

我已經跟你解釋
過一百遍了！…
（你實在太誇張了，希波杜！…

他沒有忘記何內・哈多，他常常想到他，也一直希望能有他的消息。可是小孩子就是這樣，一天又一天，日子不知不覺就過去了。一月又一月……

一年又一年……

馬塞林長大了。他還是會臉紅。次數比以前少，不過他的臉總是有一點紅。就算他已經變成一位先生，也還是這樣。

他變成一位電話很多的先生，

他搭汽車，

搭飛機，

搭電梯。

他住在一個大城市裡，這裡所有的人都在跑，他也跟大家一樣匆匆忙忙地跑著。

有一天，他在雨中等公車，他很著急，因為他跟人有約。

9:15 拉舒先生
9:45 葡榭先生
10:15 希坡朗先生
10:45 貝亨尼斯先生
11:15 布朗史密斯先生
11:45 帕希法勒先生

他聽見一個感冒的可憐蟲在打噴嚏，打個不停，
於是他也跟大家一樣笑了起來。

他看了那個打噴嚏的人一眼……

然後（我想我不必跟你們解釋為什麼這兩個字是粉紅色的……）

是哈多 !!!

我已經盡力試過，不過我實在沒辦法為你們描述這兩個好朋友感受到的喜悅！……

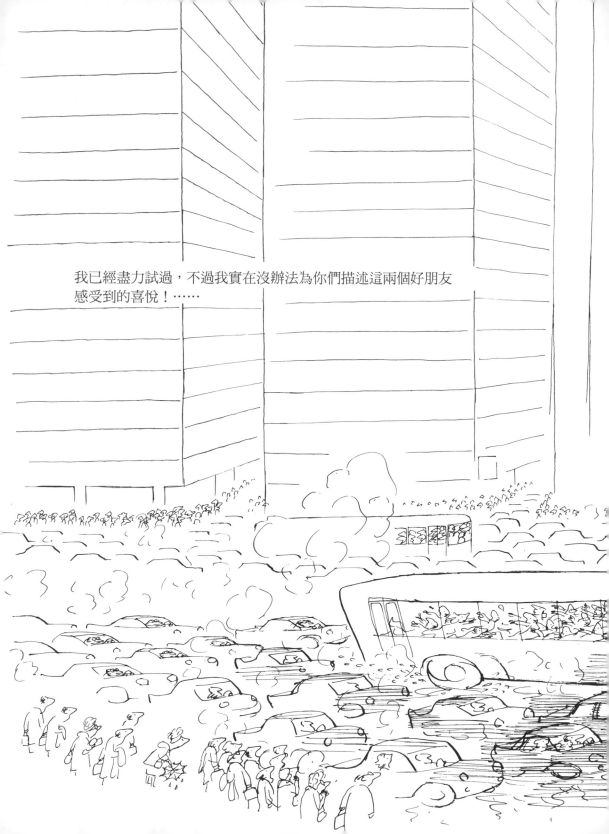

何內 ‧ 哈多成了小提琴老師。他們告訴對方一大堆事情。

在馬塞林的堅持下，何內演奏了小提琴。

至於馬塞林，他也證明了時間並沒有讓他的運動神經變鈍。

他們甚至還來了一次賽跑，

結果馬塞林險勝。

他們不斷有一些天馬行空的怪點子，悲傷的人們看到了，
都覺得成年人這樣子很奇怪。

他們度過很棒的一天，還做了一些計畫。

如果我想讓你們悲傷的話，我會告訴你們，這兩個朋友因為種種不得已的原因沒
再見面了。事實上，大部分的情況也是如此。我們跟一個老朋友重逢。我們開心
得發狂，我們做了一些計畫。
然後，我們就沒再見面了。因為我們沒有時間，因為我們有太多工作，因為我們
住得太遠。因為我們還有千百個不同的理由……
可是馬塞林和何內又見面了。

對不起，請等一下…
小姐，有什麼事！
您沒看到我正在忙嗎！…

可是先生，是
那位打噴嚏的先生…
您說過只要是這位先生打來，
就要立刻把電話
轉給您…

哈啾！

他們甚至經常見面。

馬塞林每到一個地方，就會立刻問人，何內在不在那裡……

至於何內 ・ 哈多，他也不停地在找馬塞林 ・ 開攸。

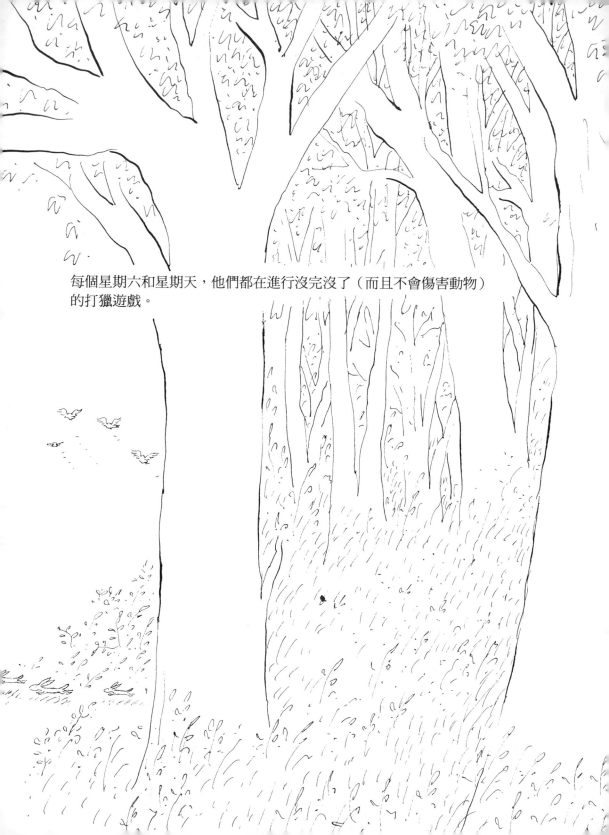

每個星期六和星期天，他們都在進行沒完沒了（而且不會傷害動物）的打獵遊戲。

他們經常捉弄對方。

但是他們也可以

待在一起什麼也不做，

只是說說話，或是不說一句話，

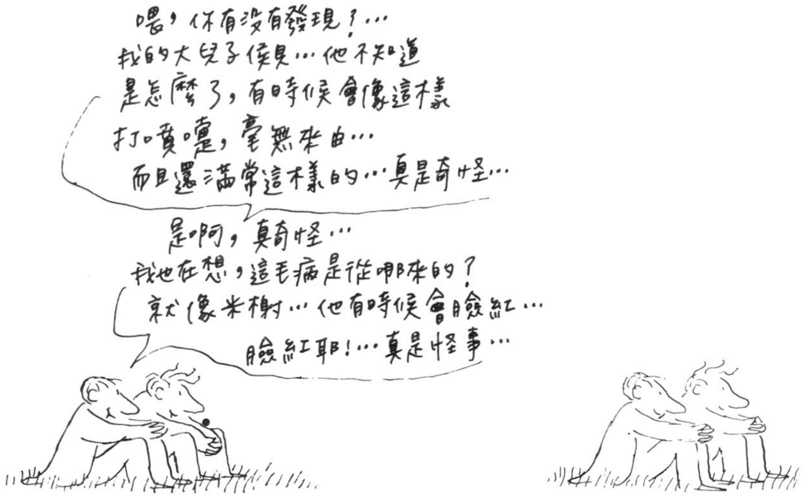

喝，你有沒有發現？…
我的大兒子侯貝…他不知道
是怎麼了，有時候會像這樣
打噴嚏，毫無來由…
　而且還滿常這樣的…真是奇怪…

　　是啊，真奇怪…
我也在想，這毛病是從哪來的？
　就像米樹…他有時候會臉紅…
　　臉紅耶！…真是怪事…

因為他們在一起的時候從來不會覺得無聊。

Sempé . 1968-69.

虛 構 007

馬塞林為什麼會臉紅？ Marcellin
Caillou 作者：桑貝 Sempé ｜譯者：尉遲秀 ｜出版者：愛

米粒出版有限公司｜地址：台北市 10445 中山北路二段 26 巷 2 號

2 樓｜編輯部專線：（02）25622159｜傳眞：（02）25818761｜【如果

您對本書或本出版公司有任何意見，歡迎來電】｜總編輯：莊靜君｜編輯：葉懿

慧｜企劃：葉怡姍｜內文美術：王志峯｜印刷：上好印刷股份有限公司｜電話：

（04）23150280｜初版：二〇一四年（民 103）一月一日｜二刷：二〇一七年

（民 106）五月五日｜定價：350 元｜總經銷：知己圖書股份有限公司｜郵政

劃撥：15060393｜（台北公司）台北市 106 辛亥路一段 30 號 9 樓｜電話：（02）

23672044／23672047｜傳眞：（02）23635741｜（台中公司）台中市 407 工

業 30 路 1 號｜電話：（04）23595819｜傳眞：（04）23595493｜法律顧問：

陳思成｜國際書碼：978-986-89950-4-8｜CIP：102023213｜Marcellin

Caillou © by Sempé and Éditions DENOËL, 1969, 1994｜Complex Chinese

Translation Copyright © 2013 by Emily Publishing Company, Ltd.｜All

因
為閱讀，
我們放膽作夢，
恣意飛翔 —— 成立於
2012 年 8 月 15 日。不設限地
引進世界各國的作品，分為「虛構」
和「非虛構」兩系列。在看書成了非必
要奢侈品，文學小說式微的年代，愛米粒堅
持出版好看的故事，讓世界多一點想像力，多一
點希望。來自美國、英國、加拿大、澳洲、法國、義大
利、墨西哥和日本等國家虛構與非虛構故事，陸續登場。

哈哈呿